소나기가 아니겠노라고

소나기가 아니겠노라고

발행일 2021년 6월 10일

지은이 이보인(Li Anne)
펴낸이 이보인
펴낸곳 리앤즈(Li Anne's)

출판등록 2019. 12. 31(제2019-000052호)
주소 대구광역시 수성구 청수로 274 힐스테이트황금동
홈페이지 www.liannesmallbiggest.com
이메일 boin@liannesmallbiggest.com

ISBN 979-11-969235-1-8 03810 (종이책)
979-11-969235-2-5 05810 (전자책)

이보인 시집

소나기가 아니겠노라고

작가의 말

시의 세계에서는 결코 끝이 없다. 소재도 그에 따른 주제도 끝이 없다. 물론 나는 나의 벗으로부터 플라톤은 줄곧 시인을 추방할 것을 말했다는 사실을 익히 들어 알고 있다. 하지만 무언가를 진정으로 드러낼 수 있는 시는 위대하다. 한 시를 보고서도 정치인은 제도를 만들어 낼 줄 알고, 같은 시를 보고서 어떤 가수는 곡조를 붙일 수 있기 때문이다. 요컨대, 시는 실로 무궁무진하다.

시는 사람의 이성과 감성 둘 다를 유발하기 마련이다. 어느 누구에게나 이성적인 친구도 있고 감성적인 친구도 있다. 누구라도 이성적인 친구들로부터는 주로 배울 것이고, 감성적인 친구들로부터는 감흥을 얻을 것이다. 즉, 시에는 배움과 감흥이 있다. 시가 길게 무언가를 말하지 않더라도 각자에게 스스로 깨우침이 있고 저절로 일어나는 흥취가 있다면 그것이야말로 시가 하는 기능이자 존재하는 의의가 되지 않을까 싶다.

차례

2부

3부

1부

레몬

레몬은 시詩다.

그 첫사랑은 그렇게 상큼하며

셨다. 때로는 썼다.

그렇게

이離가 시리듯

시고 쓴

첫사랑이었다.

내 것이 아닌 땅콩

들었을 때는 모른다,
무작정無酌定이었으니까.

한 움큼 쥐어 봐야 안다,
빠져나가기 쉽다는 것을.

마음이 그렇다.
사랑도 그러하다.

처음부터 숫기 없이

처음엔

처음은

처음이니까 그래.

그런 여興음 있는 여자라,

좀 그런 내음 없는 여자라,

그런 열음

있을 여자라.

해와 배, 마음

탄다.
오른다.
타오른다.

버스에 탔다. 올랐다. 타서 올랐다.

해가 탔다.
또 올랐다.
다시 타서 올랐다.

그렇게 뜬다.
떠오른다.
배가 뜬다. 마음에
뜬다, 떠오른다.

지레짐작

한 번
서운함
그 한 번에

두 번째
미덥지
않을 때에

세 번은
견디지를
못할까 봐.

남자, 그리고 결혼

대신할 수 있을까
대신일까

클 수 있을까, 크지는 않을까
혹여나

믿음이란 게, 크게 믿는다는 게
혹여나

자신일까
자신할 수 있을까

그냥 대신도 자신도 아닌
힘이란 것, 약진하듯.

빛바램, 악수

안녕하세요,
고맙습니다.
사랑합니다,
미안합니다.

알 것 같은 게 아니라
잘 안다면

단 한 번에도
차오를 텐데,
벅차오를 텐데.

이른 기상

피해야 할까
써야 할까

그래, 써야 할 테지, 피하기 위해서는.

억수같이 쏟아 내릴 땐
필요하지.
닿을 듯 말 듯 할 것이라면
필요 없어.

그치면 소용이 없을 텐데
왜 준비하는 것일까

비를 피해야 할까
우산을 써야 할까.

서로가 서로에게

여자는
진정眞情이라면
동조同調하고,

남자가
진실眞實하다면
경청傾聽한다.

그렇지 않다면
그게 안 된다면
이미 아닌 것.

태생胎生

없을 땐 그랬지.
어떻게 그랬을까,
어떻게 그럴 수 있을까.

생기니 달라지지.
왜 그랬을까,
왜 그럴 수밖에 없을까.

그런데 이젠
'아!' 하고

어떻게도 왜도 아닌 것은
지금이야, 현재, 움직이고 있으니까.

나아간다는 게
함께 나아가려 한다는 게
나아진다는 게

바로
언제, 지금, 아니
언제나.

갈등葛藤

시작이 첨예尖銳하더라,
바늘 끝처럼.

도중途中은 망각忘却하게 되고,
무딘 날처럼.

그런데,
막상
끝나고 나면 미련스러워,
빠져나오면, 빠져나가면.

선택

과일은 쉽다, 취향趣向이거든.
색色다르게 담아내면 될 일이고.
식食전이 그래.
식式전도 그래.

밥은 어렵다, 지어야, 또
늘려 지을 줄 알아야 하거든.
무엇보다 곧,
보통이란 것이잖아.
본식本式이 그래.

나는 과일 싫어.
몸이 너무 가볍잖아.
밥심이지, 무엇보다,
좀 무겁더라도 보통이 좋아.

활개

돋아나, 움이, 싹이.
옴짝달싹 못 하게끔.

피어나, 몸이, 바로.
몸 둘 바를 모르게끔.

이렇게
조금만 더 있으면
있어 보면

맞으면
맞게 되면

날 거야,
낳을 거고.

승패勝敗

운運은 떠다녀서
마치 구름雲과 같이
뻗을수록 멀어져
나의 손 밖이라

기회機會는 기다려서
마치 낚시와 같이
자리만 비우지 않아도 가까이
너의 손 밖이라

만고불변 만상쌍변

만만찮아
고상高尙하고,
불쌍하여
변변찮다.

간직

식탁보를 펴 보니
구겨져 있더라,
짓구겨져 있더라.

그 식탁보,
한껏 구겨진 그 식탁보,
펴 주는 이 따로 있네.

펴는 이가 펴다 말고
흐느끼는데,
나는 웃는다. 살며시 웃는다.

바람

곁이어라 하면
좋겠지.
곁이 안 된다 하여도, 참.

맞추어 갖는 것을
바라고, 바라보며
갖지 않는 것도, 참.

참으로
마음은
당신께.

그대라는 열망熱望

열망熱望인가
갈구渴求인가

열망을 잊기엔 아쉽다 하네.
갈구는 곧 후회인 것을.

갈증渴症이 다한 후의 마음처럼
갈구는 짧다.
열망은 오래다.
열망이 오랜다.

오래도록 긴 열망이
오라 한다.

하늘의 별 따기

하늘에 있는 별을 몇 번이나
볼까, 볼 일이 잘 있을까

그 정도程度란 게 사실
안다는 것
진정으로 알 수 있다는 것

그 빛나는 별도
사실 당신을
바라보고 있었음을

그 별을 갖는다라, 그것은
그 별을 취함이 아닌
성취成就임을
소원所願임을
열심熱心으로 하는.

수확收穫

가능성이란
때와 장소를 아는 것.

그런 방도方道
그것이 곧 왕도王道

과거를 회상回想함이 아닌
미래를 상상想像함도 아닌
현재를 비견比肩하는 것.

그렇게
현재와 미래 사이에서
구상構想하는 것.

그게
가능성.

희망希望

비옥한 땅이
비를 기다리는 것은
간절하기 때문이 아니리라,
절망하지 않기 위함이리라.

비옥한 땅이
비를 기다림은
단 하나,
생명이다.

말하라!
소나기가
아니겠노라고.

작심作心

변심變心하지 않겠는가,
무심無心히 바라보겠는가,
정오正誤를 말이다.

그가 바로
관심이다.
일편단심一片丹心이다.

평온平穩

겹겹이 쌓인 세상의 흔적,
그 속에
내가 없음을 알기까지는
지레 겁을 먹곤 했다.

그 간극間隙을 알기까지
얼마나 많은 화를 내었나!
그것을 헤아려 본다.

이제는 환하게 웃어 본다.
조금은
눈부시게.

안부

스칠 때는 모른다.
지나가고 나면 안다.

기다릴 때는 설렌다.
마주하고 나면 찾는다.

만남이 다할 때
이유가 생긴다.

그 이유로 인하여
누군가는 있게 되고
또 누군가는 없게 된다.

천차만별千差萬別

똑똑
두드려 보았더랬지.
'누구일까' 하고, '무엘까' 하고,
처음에는.

한 번 더 똑똑
두드렸더랬지.
'알아봐 달라' 하고,
이번에는.

이제는, 이제서야
뚝 하고 떨어지더라.
꼭 그리되어야만 하는 게
아니라며.

뜻

한때는
아주 잠깐도
안도할 수 없었다.

나의
너의
형상形象에 이끌려.

모습이 다 없다는 것을
이제야 알겠네.

바로
형용形容할 수 없는
아름다움이라는 것을.

2부

나보다 남이라면

잘해 주기는
어렵지 않은데
잘 해내기가
쉽지 않다.

무릇
관계關係란 것이

가까우면 가까운 대로
그 익숙함에,
멀면 먼 대로
그 생경生硬함에.

틈새

한참을 머뭇거리다
팔을 뻗었다.
그렇게 부딪혔다.

한참을 서성이다
주저앉았다.

덜컥 울고플 때,
그때,
불리었다.

마음이 불어날 즈음에는
다른 이와 함께였다.

그
한 뼘 차이로.

가치價值

송골송골
땀이 맺힐 정도로
일을 하는 보람, 그것을
말하고져!

모름지기
나서는
일을 해야 한다.

생산의 기쁨이라,
이는 곧
창조적 즐거움이라!

일이 곧
긍지矜持이다.

명명백백明明白白

애초부터
투명透明하다면
반드시 비춘다.

백색白色이라면
섞일 수도 있다.
그렇게 물들기도 한다.

항상 투명하다는 것
그야말로
항상 분명分明하다는 것

투명하기 어렵다면
그만큼
분명하지 못하다는 것,
그래서 명백明白이다.

티

느낌,
사실 아무것도
아닌

사이좋음도
사실 별것 아닌

느낌 사이
확인한 게 있다면
상처받았다면
곧 약자

헌데 사실
느낌도 사이도 확인도
냉정冷靜하다면
구하지 않았을 것.

몸부림

불에 데인 듯
눈물이 맺혔다.

붉게 부르트던 볼에
가쁘게 차오르던
그 얼얼함을 나는
이따금씩 기억한다.

한편으론 사랑하였고
또 한편으론
열등감이 피어날 즈음에

그때, 바로 그때
내게 찾아온 것은
관용寬容이었다.

여자, 그리고 결혼

남이 줘서
확신確信이 아니다.
내가 가진다고 하여
과신過信도 아니다.

확신은
굳은 바위이다.
과신은
터져 버릴 거품이다.

행복幸福에의 기대도 아니다.
기댐도 아니다.

그저 희생에의
확신이 있을 때,
그 산물産物로서.

비상飛上

머무르자 하니
훗날
잊지 못할 듯하여

삼켜 내자 하니
소화消化하지 못할 듯하여

매미가
맴맴 돈다, 맴맴
운다,
요란히 운다.

날갯짓을 한다.
날아올까,
날아갈까.

이웃

내가 어렸던 시절에는
주변을 둘러보면
이런 얼굴 저런 얼굴
아침에 찡그리던 사람
저녁에 웃고,

기지개를 편 듯
어깨를 펴고 다니던 사람도
어느새 높이가 낮아져
그렇게 겸허謙虛해지는 모습을
볼 수 있었다.

그러나 이제는 볼 수 없다!
다들 숨길 뿐.

아이들만이
오로지 아이들만이

그것도
집 없는 아이들만이
드러낼 뿐이다.
드러날 뿐이다.

황홀경恍惚鏡

거울은
반대를 보라고 있지.

슬플 때는
곧 기쁠 때라고,

즐거울 때는
조금 침착하라며.

꽉 차 넘칠 때는
거울을 봐야지.

거울은
무던해지라고
있는 거야.

놓치다

그는 내게
종종 묻곤 했다,
"어디 가" 하고.

돌아오지 않을 거라고,
아니,
흔들리는 나를 보고.

사실은 그랬다.
내가 그럴 수 없었던 건
그가 너무 빛났기 때문이었다.

철없이 밝아
아름다웠기
때문이었다.

가시덩굴

온몸에
열기가 어린 채로
곁눈질을 하다 불쑥
손을 내민다.

덥석 하고 잡으니
부르르 떨려 온다.
온몸이 진동振動한다.

이윽고
굳었던 땅이 갈라진다.
가슴샘이 열린다.
그렇게 감싼다.
그리고 감는다.

먼 길, 가까운 길

아무리
싱싱한 포도 한 송이일지라도
송이송이
그것이 한 알이 되는 순간,
그 곁에는 흠집이 난다.

돈다발이 무슨 소용이랴!
따박따박
그것들이 숫자가 되는 순간,
그때 인간의 그 환희歡喜는
순간이다.

살아 움직이는 것은 노고勞苦이다.
끊임없는 노고, 값진 노고이다.

내외內外

웃옷을 여밀 때마다
떠오르는 이가 있다.

스며들기에 설익진 않았을까,
오늘도 나의 뺨은 익은 듯 만 듯
살구빛으로 물든다.

옷깃을 여며 주오!
겉옷이어라, 바깥이어라.
나의 바깥이 될 사람을 불러 본다.

그저 잘 여며 주라고,
그러면 된다고,
그런 누군가의 아낙이 되고프다며.

동행同行

패기가 넘치던 시절에는
유난히 빛나고 싶었다.

떼 지어 가는
물고기의 군집群集을 보며
신랄辛辣한 조소嘲笑만을
할 줄 알았다.

이제는 알겠다, 흘러가기 위해서는
속해야 한다는 것을.

군상群像 속의 여유餘裕라!
그야말로 포용包容이다.

화분의 기대

창밖을 보면
바람결이 이는 게 보인다.

턱받침을 한 채로
창밖을 보고 있노라면

꽃가루가 벌써 날리는가
곧 봄이 오는가
하고, 남모르게
내 마음에 새살이 차오른다.

겨울이 지나고, 어느새
이 세찬 바람이 멎고 나면
꽃받침을 볼 수 있겠지
하며, 날마다 나는
창밖을 보며 턱받침을 한다.

물결

단 한 번도 흔들리지 않았으랴!

단 한 번의 흔들림이 없이
제멋이 나랴.

물이 차다.
그리고 찬다.
단 한 번의 들이킴으로
그득한 습기가
온 사방에 가득 찬다.

그렇게 제 아무리 잘났어도
단 한 번을 흔들리지 않았으랴!

완급緩急

영차영차 어기영차

둘이서 하는 줄다리기는
힘이 세도 그만 안 세도 그만
자꾸 해야 하는 거지.

서둘면 달아나,
뭉그적대면 빼앗겨.

억지로 하는 게 아냐,
겨를 없이 당겨 버리면
그만큼 빨리 끝나니까.

닿기 위한 거야.
잇기 위한 거야.

만남

한 말괄량이가
요즘 들어 부쩍 안달이 나는지
입을 비쭉 내밀고 샐쭉거린다.

요조숙녀가 되어야 하는데
나는 요조숙녀가 될 거라며

막상 걸음 걷는 모양새는
걸음아 날 살려라,
뒤뚱뒤뚱, 어찌 보면
또 아장아장이다.

그러다가
억 하고 자빠지는데, 그때
웬 신사가 손을 건넨다.

승화昇華

인내忍耐는 이어져야 한다.
잠깐의 말미末尾에 오는
그 휴식이 반가우려면
인내는 계속되어야만 한다.

언제 떨어질지 모르는 먹이를
주구장창 기다리며
뻐끔뻐끔해 대는, 그런
어항에 갇힌 금붕어가
되지 않으려면

헤엄쳐야 한다.
끊임없는 물길을 따라
헤엄쳐야만 한다.

있는 그대로

더 달게라
덜 녹게라

만들다 보면
덜 달 때도 더 녹을 때도
있겠지.

아이스크림 장사도 그럴 텐데
사랑도 그렇지 않을까

맛과 느낌, 둘 다
눈으로 아는 게 아닌데
사랑을 한다는
사람의 눈이 한없이 높아.

희노애락喜怒哀樂

기뻐 말라,
어려움은 숨어 있으니까.

노여워 말라,
바꾸면 되거나
변할 게 없으니까.

슬퍼 말라,
어쩔 수 없으니까.

즐거워 말라,
곧 다시 넘어질 테니까.

친구

잘 없다.
많이 없다.

꾸기도 하고
꿔어도 되는데
꾀면 안 되고
꾀여도 안 되니

정말 잘 없다.
많이는 없다.

환영歡迎

조금씩 열리는 것이다.
서서히 들어오는 것이다.

아무리 세차게 들어올
눈보라일지라도

그 눈보라가 흩어 헤쳐지지
않고자 한다면,
소복히 쌓이고자 한다면

문을 조금씩 열어야만
하는 것이다.
그렇게 맞이하는 것이다.

사랑한다는 것

하나, 솔직하게
둘, 무던하게
셋, 침착하게

표현해야 할 때, 혹은
행동해야 할 때, 또는
인정해야 할 때에는

마주함을 두려워 말고
받아들이기도 하면서
계속해야만 한다.

배려

기다림으로 알 수 있다.
덜 사랑한 날들이었는지,
더 사랑한 날들이었는지.

기대하지 않았던가,
실망하지 않았던가,
원망까지 하였던가,
그것은 착각이었음에.

사랑 앞의 기다림은
당신이 다가온다는 단 하나로
단지 나를 벅차오르게 한다.

사랑할 수 없었다면
기다릴 수 없었을 것.

3부

지혜의 꽃잎

알쏭달쏭 아리송할 때
그때까지인 것 같아,
부풀어 오르는 건.

알고 나면
알아 버리면
이내
일상이 되어 버리면

그만큼
생생할까

아무리 반짝인다 하여도
아무리 번뜩인다 하여도.

될 수 있는 사랑

이으려거든 다가오시오,
무관無關한 사랑은 없을 테니.

필요해서건 그게 아니건
결국은 필연必然이니

끊으려거든 지나치시오,
단 한 번의 접촉 사고로
연루連累되고 싶지 않기
마련이라면.

가려움증

한때는 사랑을 마주하면
겨를 없는 감정만이 있었던가

애증愛憎의 연속連續을
희구希求하며
그렇게 혼자
쉼표를 찍다 마침표를 찍다

이제야 비로소
한 누군가를
나즈막이 사랑하게 되었는데

불현듯 내 날갯죽지와 엉치뼈
어느 한 곳에
그늘져 있던 어느 한 곳에
불시不時의 요동搖動이 있다.

그 어떤 요란擾亂도 없이
고동鼓動치는 심장과도 같이
누군가가 간질이듯
마치 살아 있는 새 한 마리를
가슴속에 품은 것처럼

가끔씩 푸드덕
푸드덕— 하고, 또 푸드덕하며

마침내 깃의 더미들이 일어난다.
그렇게 나를 데운다.

간질이듯 데우고
데우듯 간질이는 나즈막한 사랑
그 사랑으로도
사랑이 된다.

팔찌

그 사내는 유심히 보았다.
타오르듯 반짝이는
그 처녀의 솜털을 응시凝視했다.

처녀가 커피를 쏟는다.
솜털들이 출렁인다.

이윽고 처녀가 팔을 들어 올리고
사내에게 손목을 건넨다.

그렇게 달라붙는다.
그 처녀의 빛나는 솜털이
엉킨다, 흔들린다.

의국衣國

힘껏 재단裁斷할 수 있는 자
양껏 측량測量할 수 있는 자

그렇기에
마음껏
짓는다, 그리고
맞춘다, 또
다린다.
다스린다.

안락의자

나는 오솔길을 따라
조촐히 걸어갔습니다.

가다가 이내
멈추어 섰습니다.

그곳에서
아스라이
당신을 들었습니다.

당신은 이내
나를 꾸짖었습니다.

위안慰安을 바라서는
안 된다며 말이지요.

멂

무심코
떠올라, 애틋이.

그런데 그만큼
이제는 희미한 걸.

어렴풋해, 모든 게.
그 애틋함도,
그대를 향한
가득했던 내 욕심도,

손에 쥘 수 있을 것 같았던
그대의 마음도,
잡을 수 있을 것 같았던
그대의 손도.

두려움

쿡— 하고 찌르는 듯
쿵— 하고 가라앉는 듯
다시금 올라온다.

그러다
한참이 지난 듯, 이젠
없다.

아니,
없었으면 한다.

아, 여전하구나.
내 마음속의 너는.

숨

한 숨을 들이킵니다.

이제는 곧
내쉬어 봅니다.

들이킴에, 바로
그때서야, 조심스레
당신이 보입니다.

또, 짐짓
나는 내쉬어 봅니다.

아, 당신은 내 곁에 없습니다.

네, 모두 다, 그렇다 합니다.
아니오, 아무도,
모를 일이라 합니다.

안개

누구인가
내 마음속 안개를
수놓은 이는

희뿌옇다.
나아가, 이제는
캄캄하구나.

아,
그대가 지나가누나.
안개 속을 헤집는 듯해도
안개는 잡히지 않아
그저 뿌옇게 흩어지누나.

내 마음속 안개만
여전하누나.

대자연의 땅

부절不絕히 흔들리는
대지大地에서는
온 생명이 표표飄飄히 도망친다.

대지는 깨어진다.
대지의 막다른 곳,
그곳에서는
폭포수가 쏟아지고,
잡힐세라 겁을 먹은 물줄기가
맥의 박동搏動을 돋운다.

곧이어
소리가 대지를 삼킨다.
물방울이 정처 없이
흩날릴 뿐이다.

헌정獻呈의 시

맑아 청청하여도
결코 깨어지지 않는 금강석,
금강석은 유유히 반짝인다.

요지부동搖之不動의 금강석이
아름다운 이유는
모두가 탐을 내는 이유는
가져도, 결코
깨트릴 수 없기 때문이다.

결코 침묵하지 않는 금강석,
너는 홀로 유유히 빛난다.

새로운 시작

다짐이 생겨나고
그 다짐이 늙으면
그를 따라서
나는 자란다.

진실한 실속實束은
완성完成을 향하고
으뜸을 가른다.

꽃이 만발滿發한다.

왕도王道

저항이 깃든 자는
굴복하지 않음에
그러한 저항이 깃든 자를
떨쳐 낼 것

고매한 거부에 뜻이 있는 자는
단지 눈여겨보지 않음이니
무시로 일관함에
그러한 강인함이 박힌 자는
절대로
마음에 두지 않을 것.

자충수를 두지 않다

주어질 것을 구함도
줄 것을 구함도
어리석기 때문에

그것으로 말미암아
공허空虛를 마주하고, 끝내,
귀먹은 채,
남의 부림으로 거동擧動한다.

시초,
그 미동微動을
어리석다 간주하니

만유萬有를 마주하고 나서야
온몸을 웅크린다.

소용돌이

나는
한 미물微物을 보았네.
식솔들을 부둥켜안고 우는
미물을 보았네.

처음엔
그 울음소리가 구슬퍼
가련했네.

그에 일견一見하니
그 미물은 내게서
진주 하나를
빼앗아 가려 하더군.

나는
그 미물과 식솔들을
피할 수는 없어
그저 밟고 지나갔네.

그 미물이 말하는 바를
들을 수는 없었고,
쟁쟁爭爭한
울음소리만을 들었네.

그 소리가 그친 후에서야
비로소 나는 알았는데,

그조차도
나의 부족함이었네.

재떨이

세월歲月이 지나도
두렵지 않겠다 하여
무릎 꿇지 아니하여도
끝끝내 숨지는 못하리

용렬庸劣하기 짝이 없어
세월 앞에 짝도 달아나

닳고 닳아도
누추한 네 마음가짐
끝이 더욱 가련한데
끝끝내 누구를 능멸하는가

만정의 일부도 아까워
너를 일찍이 물리치니
때늦은 개탄은 소용없으리.

괜찮다

모든 게 괜찮아질 즈음에
새로운 세상을 보았다.

흘러간 세상에게
새로이 오는 세상이
세상은 끝나지 않았다고 말했다.

다가오는 나의 세상에게
가까이 오는 그에게
사랑이 멎지 않는다고 소리쳤다.

그렇게 울고 있는 나를
나의 전부인 온 세상이
오고 있는 세상이
살며시 안는다.

등불

내 마음속에
등불 하나 있네.

가녀린 불씨는
마치 주인 없는 듯
휘파람 따위에도
흔들리곤 했었네.

내 마음속
등불 하나 있네.

곧은 불씨는
꺼지지 않는 불길로

이젠
당신만을 그리네.

주식酒食

탐닉하여도, 또
속여도 속할 수 없는 게
있다면 그것은 곧
신기루임에

보았는가
만져는 보았는가
그래야만 내 것이던가

취할 것인가
알면서도 취해야 하나

잃음에 대한 두려움인가
그것도 아니라면
망각에 대한 두려움인가
그게 정신이든 물질이든.

적막

적막의 끝이 불안인 줄 알았을 적
그저 사람들에 둘러싸여 있었다.

그렇지 않다.
적막의 끝은 평온이어야 한다.

적막을 피하고자 하면 고독에,
적막을 마주하면 고요에 젖게 된다.

고독은 또 다른 불안이요,
고요는 평온의 다른 말이니
이처럼 내가 적막을 싫어할 리 없다.

민들레의 토로

정음아, 너는
민들레를 본 적이 있니
혹시나
그 민들레가 흩날리기 전에
두려움에 떠는 걸
본 적 있니

그렇게 사방으로 흩어지는
민들레 한 송이를
너는 보았어

앙상한 줄기가 되어 보니
지나치게 가뿐했던 민들레는
이제 한스럽다 해.

혹여나, 정음아, 너는
그 민들레를 보고
가엾게 여기지는 않았니.

새해맞이

길다란 한 해의 완성은
가느다란 하루의 시작에서.

타산지석他山之石

어느 아이는
어떤 날에 에— 하고 운다.

어느덧 그 아이는 젊은이가 되고
한 길을 간다.

누가 심어 놓은 듯
돌부리에 걸려 넘어진
그 어떤 날에 그는
돌부리를 힐책한다.

할아버지가 되어서야
집에서 나서는 길,
정원의 꽃동산이 배웅한다.

돌부리에 걸려 넘어지면서도
나는 남을 나무랐구나.

물망초

나는 네 향기를 좇아갔네.
그러나 그곳에 너는 없었네.
너의 잔향만이 있을 뿐
너는 없었네.

나는 너의 소리를 따라갔네.
그렇게 뛰어갔네.
그러나 그곳에 너는 없었네.
너를 향한 나의 포효만이 남아
주변을 깨웠네.

사실 너는 있었네.
내 마음속에 있었네.

지쳐 고단했던 너는
그렇게 나를 떠나갔네.

하지만 나는 그것을 몰랐네.

미소

내 두 눈에 가득 찬 너는
그저 웃어, 그렇게
웃을 줄만 알지.

그래,
너는 웃기만 할 줄 알지.

네 두 눈에 비치는 나는
사실 나는
웃다가 울고
울다가도 웃네.

나는 이렇게 서글픈데
왜일까, 너는
그래도 웃네.
또 웃네.

法輪大法好.